火祭り

水崎野里子詩集

Noriko
Mizusaki

竹林館

水崎野里子詩集

火祭り

目次

Ⅰ

Ⅱ

Ⅲ

青空に拡がる桜木枝延ばし

命なりけり薄紅眩し

〜 創意への固執 〜
自宅と近所の中山競馬場の間にある
桜の並木路。Photo by Junichiro Mizusaki

詩集

火祭り

I

裏町の銭湯

ある裏町
にょろにょろと入り組んだ路地
ちょこまかと歩いて行く
と　目指す　銭湯の藍のれん
のれんを分け
下駄箱に履き物を入れる
番号札を取るのを忘れず
さあて　お風呂に入るんだ

寒いから　慌てて衣類をロッカーに押し込む
タオルと石鹸忘れずに
硝子戸を開けて
早く　いざ風呂場へ

泡噴出の湯

ワインの湯
薬用湯
水だけ
このごろの湯にはいろいろある
今日はどれに入ろうか

気楽な仕事の合間の一人の湯
息子も夫も　うるさいのは忘れた
あったか湯に　一人でフカフカ
いい湯だな
髪を洗っていると
シャンプーの蓋が流れちゃった

奥さん！　ここよ！
裸のおばさんが　向こうでニコニコ
ほら！　と拾ってくれたシャンプー容器の蓋
流れちゃうとこだったのよ
ありがとう！

裸同士の女の仲
どこに住んでるの？
千葉県よ　でもここに週一日下宿してるの
仕事の関係
あらそう　仕事って？
英語の教師よ
塾の先生？
いや…まあ…大学で教えてるの
おばさんは？
いやちょっとね　このそばに
息子と
住んでるの？
ああ……いや…まあ…

一緒に今日は　一緒のお風呂場
一日だけの　お友達
一緒に泡のお風呂　フカフカ

いろんな人生

銭湯の湯の煙

坂

今私の住んでいるマンションからJR船橋駅まで、歩くと二十分くらいの距離である。近道を急げば十五分くらいでも行ける。このマンションに引っ越して来てから、もうほぼ三十年ほどになる。引っ越して来たては、駅まで徒歩で歩いた。バスを待つ時間が面倒であったこと、待つ時間を入れれば、歩いた方が早い場合が多かったからである。今ではバスを使用するようになった。理由は、やはり歩くと疲れるからである。仕事は教師なので、体力がいる。特にこのごろは。そろそろ齢六十を迎えることと相成った。ゆえに、体力蓄積のためバスを使用する。仕事帰りの夕暮れ、暗くなったあとは、近道は女一人で歩くのは避けた方がいいと考えるようにもなった。昔は途中に畑があった。明るければ、ときどき育ちすぎの小松菜などただで貰って来た。

「おくさん、その菜っ葉、ほしけりゃ持っていきな」

「ほんと！　おじさん、ありがとう！」

だが、夜は畑地帯は真っ暗となる。その上、畑はとうの昔に宅地となった。

もう一つの理由。一番の近道には坂道がある。かなり急な坂だ。坂は住宅地の一区画の一番端っこにあり、坂の途中には幼稚園があった。幼稚園の前を過ぎるころは、息切れが始まらないでもなかった。「なんだ坂　こんな坂　なんだ坂　こんな坂」——心の中で自らを叱咤激励しつつひょこひょこと上ると、京成線の線路、踏切がある。息を切らしながら背を伸ばすと成田空港行きのスカイライナーが超高速で通り過ぎて行ったりした。そこは、だが駅まではほぼ半分の距離でしかない。まだまだ。一息ついて、左右を見渡してトコトコと踏切を渡る。

息子がまだ小さかった頃、坂の近くで半日、息子と二人で線路脇に居坐り、過ぎる電車を眺めていたことがあった。息子は上野から成田空港行きの特急スカイライナーがさっと通過すると手を叩いた。スカイライナーの運転手は、息子の目を借りて下から見上げると実に偉そうに見えた。現在、彼はとうの昔に家を出て彼自身の人生を歩んでいる。一年に一度くらいしか連絡がない。初めは淋しかったがもう慣れた。だが、彼は私と一緒に坂の上でスカイライナーを眺めた、あの半日を覚えているだろうか？

このごろ、夫と年金暮らしの心配をするようになった。

人生は坂だ。でも、もうあの坂は上らないでおこう。

あばずれ亭主の女房《にょうぼ》がうたった

おおやさん
あたしの咄《はなし》
ちっとは聞いて
みんなこう言う
忍従女徳

だけどもさ
うちの亭主の
ゆきすぎ寝酒
女房《にょうぼ》のはずが
軒干し大根

うちの男《ひと》
どこにそんなに
エネルギー

人妻ばかり
おっかけ回し

この長屋
あたしゃ破れの
障子紙
破れをふさぐ
糊紙失せて

おおやさん
聞いてちょうだい
おおやさん
せめてやさしく
今夜もいてね

あたしゃあんたに惚れ惚れ鏡

あんたまあ
どこから　そんなに
嘘が出る
きのうも待ってて
月影おぼろ

今日もまた
あんたの嘘を
軒下吊し
見事にずらりと
赤い干し柿

井戸端で
あんたの手拭い
洗い水

つぎつぎ色出て
桃色ジュース

でもあんた
嘘つく他には
芸なし狸
徳利数えて
あたしの月日

でもねいいこと
お前さん
あたしゃあんたに
惚れ惚れ狐
名人嘘なきゃ
人生閑散

あたしゃお七

あたしは鳴らす
火の見櫓の
この半鐘
振り袖かざして
半鐘鳴らす

火事よ！　火事よ！

花のお江戸は
地獄の火
火を点けたのは
このあたし
いとしいあんたに
会えるかも

昨年暮の
火事の中
逃げたお寺で
あんたに出会った
あんたは寺の
かわいい小姓

燃えろ　燃えろよ
大江戸焔
あたしの恋は
狂った恋よ
焔のあたしは
半鐘叩く

知らないの？
あたしの名前は
八百屋のお七
花は盛りの
十五才

火事よ！　火事よ！

カン　カン　カン　カン

河童の話

わたし人間の女です
小野小町って言われます
ほら　見てね　でも
もう　人間であることが
嫌になりました

核兵器造ったり
おばあさん騙したり
人殺したり
ミサイル発射したり
小さな国の人々いじめたり

それなのに　自分は
動物の中で　一番偉いと威張っている
はい　ですから　わたし今日限り

人間稼業を　きれいさっぱり廃業して
今日から河童になりました

里裏の河童祠にお願いしたら
河童の神様が河童橋を渡って来て
女の河童にしてくれました
おかっぱ頭　尖んがり口　背中には甲羅
頭の上にはお皿　指の間には水掻き

山里流れる　澄んだ川水に棲みます
お臍《へそ》を下に　甲羅を上に
水掻き使って　すいすい　すいと泳ぎます
食べ物は胡瓜です

はい　河童は殺し合いなんかいたしません
騙し合ったりも　いたしません
清い　清い　澄んだこころで生きています
山の煌《きら》めく清水の中で

でもあら　どうしましょうわたし
人間の子供に胡瓜で釣られちゃった
またまた　人間俗世界に逆戻り
子供のお母さんにされちゃった

かっぱ　つった　りっぱ　やった！

少年少女漫画劇場

皆さん　皆さん　いらっしゃい
小母《おば》さん始める　漫画劇場
終わったあとで　飴ひとつ
買って行ってね　さあさ　始まり

猿飛佐助

忍者というひと初めて知った
真田幸村　侍　武将
彼に仕えて　正義のために
弱きを助け　民を助ける

危ないときは両手をそろえ
指を上向け　ドロンと消える
黒装束に顔隠す

目だけ迅速　いざ　ドロン

真田幸村　豊臣方よ
あとで知ったは　歴史の授業
桐一葉　落ちて天下の秋を知る
散った桐の葉　民憐れんで

忍者立ち上げ　夢飛ばす
猿飛佐助は　今も空跳ぶ

赤胴鈴之助

初めて知った　北辰一刀流
剣術達人　子供の夢の
鈴の模様の着物も映えて
赤い胴とは今知る　鎧

悪い奴らを懲らしめる
正義のために　これ悪者よ

わたしの刀を受けてみよ
町を乱せば　わが剣光る
髷《まげ》も鮮やか　住む長屋
母親と　二人の暮らしは
つつましく　いつも忘れぬ
母親孝行

着物仕立てて暮らしを立てる
母の恩を赤胴忘れず
鈴鳴るわが剣　いざ受けてみよ
少年活躍　北辰流の子供の夢よ

月光仮面

初めて知った　アラーの使者で
アラーの神の名　知りました
忍者じゃなくて　アラーの使者よ
悪者懲らし　弱きを助ける

屋根を飛び越え　ヒラリ門越え
月光背に受け　白装束よ
我が名は月光　月光仮面
強い人間　あこがれた

そう弁明の作者のセリフ
今なお忘れず　テレビのおかげ

宮本武蔵

去年旅した門司近く
巌流島がありました
小次郎決闘　夢に鮮やか
燕返しの長剣は敵

いざや　決闘　巌流島で
小次郎負けたり！
燕返しは鞘捨て去った

剣道極意を子供に教えた

宮本武蔵の二刀流
京都は名高い　三十三間堂
境内　一本松に決闘のとき
道が狭くて　相手は大勢

自然に編み出す　二刀流
手は二本なら　剣二つ
両手使うは　武士道極意
五輪書　鮮やか　五つも背光

リボンの騎士

こちらは女　少女向け
リボンの騎士の駆け走る
騎士道　今に　われに来る
リボンひらひら　恋敵散らす

大きな帽子は蘇る
マイフェアレディの被り物
ヘップバーンの華麗なキャリア
それ戦えよ　リボンちゃん

最後の祭

覚えているでしょ　あなた
おかあさん　このハイツで
最後の夏祭　指揮したのよ

ここの自治会は　毎年お祭をしていた
おかあさん自治会の役員　チーフ
でも　強い反対が出た
ある人から　抗議の電話がかかって来た

聞いていて　あなたは悲しそうに言った
「なんで　役員なんて引き受けたの？」
あなたは小学生だった　ごめんね
懸命の弁明　つらかったのかな？

でも会長の意見は　ゴー！

おかあさん　無くしてはいけないと思った
お祭はやった　太鼓借りてきて
盆踊りもやった　おでん屋台も出た

当日　たくさんの浴衣の子供達が来た
おかあさん　泪が出た　でもそれが
最後のハイツ自治会の祭　当時でも
テントを立てるのは　皆にはきつかった

今　ハイツから子供が消えた　老人ばかり
お祭も消えた
でも　こっそり覚えていて
おかあさん　最後のお祭やったこと

蘇った海　――船橋駅前・浅蜊売りのおばさん

ねえ、あんた、いつも気になることあるの、一つ。船橋駅の近く、国道十四号線を車で行くと、そうね、駅に通じる十字路を少し過ぎたころかな、右手に小さな店があるよ。看板に「浅蜊」って書いてある。いつも買おうかって思うけど、いつも閉まってる。でも、いつもあそこにある。青いペンキは剥げてるし、閉まってる。でもいつもあそこにあるの。なんだろ、あれ？

ところでさ、ときどきこのごろ船橋の駅前の舗道に浅蜊を売る屋台が出てんのよ。この間はおばあさんが屋台の向こうに座ってた。元気なおばあさん。おばさん。

奥さん！　浅蜊買わねえ？
採りたてだっぺ！　味噌汁にするとウメーっぺ！

おばさんは日本手拭いを頭に姉さま被り、白い割烹着にモンペ。あら、素敵！　成田スタイル！　と、おかあさん初めて見た時そう思っちゃった。このあいだはね、屋台の上に浅蜊じゃなくて、海苔があったのよ。屋台の上に海藻スタイルのまま、山積み。あら、海苔！

海苔だ！　おかあさん、ちょっと驚いちゃった。海から採りたての海苔よ。

ねえ、あんた、一時、千葉の海は死んじゃったって聞いたよ。京葉工業地帯が海を汚しちゃったって。浅蜊も蛤も死んじゃったって。でも今、千葉の海は蘇ったのよ！　あんた、知ってる？　船橋の海辺で、今、潮干狩り出来るって。あれは船橋の浅蜊なのかな？　ホントに。韓国からの輸入じゃないのかな？

あした船橋の駅前に行ったら、おばさんの屋台、まだ出てるかな？　……もうおばさんいないんかな？　あんた食べてくれる？　おかあさん浅蜊の味噌汁また作ったら？

国道十四号線沿いの、あの、青いペンキの小さい「浅蜊の店」、今度行ったら浅蜊売ってるよ、きっと。あんた、いい、船橋の海、生き返ったんよ！

千葉県・船橋駅前・路地の奥

目を閉じるとある風景が浮かんで来る。船橋駅前の周辺。タクシーやバスが混み合い、のろのろと進行を待つ。赤信号。少し歩くと、右や左に、ポケット・ティシューを行き交う人々に渡すおにいさんやおねえさん。ラーメン屋の前に、自家製の梅干しや胡瓜の漬け物などを売る屋台のおばあさん。皺だらけの顔一杯に笑いかける。「この梅干し、一袋どうだね？安くしとくよ」。しじみやワカメの屋台の時もある。でもそこを通る時はいつもあわただしく、買ったことはない。不二家のペコちゃんが立っているところを過ぎると踏切で止められる。京成電鉄の踏切だ。成田へ行く特急やのろのろ動く普通の上野行きなどでひんぱんに踏切は閉まる。あかずの踏切であるわけはないが、この踏切ではいつも必ず待たされるという印象である。だからいつも駅前がタクシーやバスで渋滞しているのだ。

駅前の大通りはそれでも狭くはない。駅を背に右手に、かつては十字屋があった。駐車場がすぐ裏にあったので、子供が小さい時よく子供の服を買いに行った。安く、かわいいシャツなどがあった。それが、今は電気屋か百円ショップかになった。どちらかは今、はっきりしない。百円ショップはその隣だったかな？　どこにでもあるハンバーガーのマクドナルドはここにもある。見慣れた店の看板だから、いつも、ああまたかと思って通り過ぎる。一度、長男が小さい時に一緒に入ったことがある。アメリカから帰ったばかりで、ハンバーガーがまだなつかしかった。店に入ると英語が聞こえた。二、三のアメリカ人（だろう）がいて、ハンバーガーを二、三個食べていた。英語がなつかしく嬉しかった。二十五年くらい前。

駅前周辺の左手に、マツモトキヨシのドラッグ・ストアがある。そこを曲がると蛇のようにうねった路地がある。くねくねと続く。文房具店。ウナギ屋。靴屋。衣料品店。花屋。おにぎりを売る店。天ぷら屋。みんな小さく、ちまちまと並んでいる。ひたすらの蛇の小道を歩いて行くと、右手に畳屋がある。なお蛇を辿ると、左手に骨董屋がある。いかづちとかいう名だった。

その店は昭和十年代？　と思うほどの、古びたたたずまいの店である。古びた木枠の硝子戸。外に骨董の大きな瓶が置いてあったりする。いつかは信楽焼の狸がいた。いくら？　と聞いたら、かなり高かったような気がする。店内に入ると、時代ものの箪笥や掛け軸、花瓶や皿などいろいろ、埃を被っているような代物が並んでいる。かつての職人さんのはっぴがぶら下がっていたこともある。時代物の布きれ。右手奥にリサイクルの着物や帯。リサイクルと言えば聞こえはいいが、要するに古着である。驚くほど安い。

この店には何度か通った。私は一時、リサイクルものの収集、特に着物や帯や茶道具の収集に凝っていたからである。店の主人は坊主頭の恰幅のいい若主人で、彼の年老いた母親が時々店番をしていた。若主人は相撲取りを思わせる風貌で、店に時々相撲関係の古物があったのはそのためか？　何度か行くうち、母と息子・店の二人とは親しくなった。おばあさんの方とは一緒に煙草をのんだり、茶を出してくれて一緒に茶を飲んだことがある。

「先生、ちょっと休んでいきなよ」

相撲取りの若主人の方とも親しくなり会話を交わした。いつもほとんど客は私一人だったからである。

「先生、今日は大学は休みなのかい?」

帯はだいぶ買った。古物の帯はおもしろい。リサイクルの着物や襦袢もいくつか買った。これもおもしろい。今、そこで見つけた時代ものの絽の長襦袢は、スーパーで買ったプラスチックの安衣服入れに入っている。夏物の絽地に赤い萩の模様がある。もちろん新しく作れば目の玉が飛び出るほど高い。まだ着ていない。茶道具を買った時、中国製の茶飲み一式をおまけにくれたこともある。時代ものの茶道具の蓋置きをくれたこともある。鉄製だ。「こんなの高いわよ。いいの?」と言ったら、「いいんだ、あげるよ」と若主人は言った。買い物が終わると、古びたガタガタの硝子戸を開けて閉める。さようなら。またね。

骨董店「いかづち」へ行かなくなってからしばらく経つ。理由は、高いものを紹介されて、買わないと店の若主人が仏頂面をするようになったことと、私が何かと忙しくなったからである。趣味の茶道もとうとう休憩となった。毎日パソコンばかり打っている。昨晩カンボジア在住のEメールだけで知る女性とメールで交信。仕事で東京へ出るがこんな古びた時代ものの店はない。少なくとも見あたらない。どういうわけか東京で骨董店はあまり見ない。古いものはどんどん捨ててしまい、新しいものを買い使い捨ての現在の日本なのだろう。古い建物はどんどん壊され、ピカピカのまっさらな建物がたちまち取って代わる。どうして私がその店へ行かなくなったか、私のこころにわだかまるもう一つの理由が雲の中に漂っている。私はこのごろ、外国の、それもヨーロッパの風景や洋画の一場面などを再び詩に書き出した。

アムステルダムの駅の風景。運河は濁って動かない。大きながらんどうの駅での男女の別れ。フェルメールの絵。やさしい光。ミルクを壺から注ぐ女。シェイクスピアの道化フォルスタッフを書きたい。

目を閉じるとあの骨董店が浮かんで来る。まだきっとあそこにあるだろう。相撲取り風の禿げ坊主の若主人、エプロン掛けのおばあさん。でも行かないもう一つのそして最後の理由も私はしかと知っている。あの店はもうないかもしれない。それを見たくはない。そうと知りたくはない。だから行かない。

今、私の記憶は蛇のような細い路地を行ったり来たりする。あそこで買った千円の蝶の模様の着物は古すぎてバラバラにしてテーブル・クロスにした。それが何染めかかつては知っていた筈だが、もう今は名を忘れてしまった。必死に思い出そうとするが思い出せない。時々、私はそれを襟巻きに使う。ああそうだった。今、思い出した。京友禅、京染めだ。

いつか蝶が布切れから飛び出し私の首を絞める。

べらんめえ！

あたし　やだわ！
なんで　にっぽんじんって
みんな　羊みたいに　おとなしいのさ
「おえらい」人にへらへら頭下げるばかり
お上の顔色ばかり窺って
へいこら　イエス　イエス
なんにも　反対せずに
御意向のまーんま
左と言えば　ハイ左です　ハイ
右とおっしゃれば　ハイ右です　ハイ
お上の粗相にには　あっちを向いて口拭う
自分の意見は　押し殺してハイ　センセイ
お上はお上で　生意気な奴黙らせる覚悟
逆らう奴は　全力でしっぺがえし
ゴマする羊だけ　ほいほいだっこ

お上の御意向に草木もなーびーく
みんな　お尻の軽い風見鶏　ホイナ　ホイナ
お上の御意見で　くるくる漫画の廻り灯籠
他人押しのけて　自分だけイイ子
具合が悪いと　セクト作って
都合の悪い奴　みんなで村八分
やーだわ！　あたしアタマにきた
たまには　ノー！　って言ったらどうなのさ！
たまには　一人で堂々反対意見言ったらどうなのさ！

あたし　これでも江戸っ子よ
不正や　偽り　きたねえこと
お偉方　お上にも　黙っちゃいられねえタチ
深川たあ　ちょったあ違ったところで生まれたけどさ
タンカの一つや二つ　切らせてもらいましょ
(男だったら尻まくり　でもこれはちょいと我慢の子)
べらんめえ！
あんたたち　あたしを知らねえの？
トーキョーは江戸で生まれた　のりこっていうの

みずさき　のりこったあ　あたしのこと
いや　魚屋宗五郎じゃあねえの
まちげえねえでよ
みーずーさーき　ノリコ！

べらんめえ！
おめえら　とんでもねえ奴だ
美しい日本なんざあ
住む人間がきたねえことばかりしとったら
きれいになりっこ　ねえじゃないのさ！

べらんめえ！　その2

べらんめえ！
どこのどいつさ
あたしたちの川を海を汚した奴は？
カドミウム　水銀　ヒ素
妙なきたねえ水　工場から垂れ流して
そいつをブクブク飲んだサカナや貝
食べちまった善男善女の苦しみ思え！
水俣病
イタイイタイ病
慢性気管支喘息
初めはおめえら　訴訟しても耳貸さねえ
しらんふりして　垂れ流し
病気になっちまった　罪のないもん（者）の身になってみろ！
おっかあ（母親）の胎内で汚染されちまい
奇形で生まれて来た子供たち

おめえら　その子たちの生き様　どうしてくれるのさ
悪魔よりひでえ奴だ
今だって　公害病患者と正式に認定されねえで
苦界浄土のもん　いっぱいいることかんげえてみろ
一生寝たきりの患者もいるんだぞ
べらんめえ！

あたし江戸っ子だけど
一時　東京湾からサカナや貝が消えちまった
東京湾の海苔も消滅　韓国海苔の輸入に頼った
海水には酸素がねえ　これじゃあ　サカナも海草も死んじまう
あったりめえじゃねえかよ
やっと今　浅草海苔はアメ横で売ってる
何年かかったってえんだ？
べらんめえ！

おめえら　せめて
あたしたちの教訓
アジアの他の国に生かせ！

五行連詩

火祭り

今日は火祭り
神社の祭り
衆の腰紐
火にくべ
燃やそ

大国魂の
神社の松明《たいまつ》
燃え上がる
御堂の宵闇
ひょっとこ火祭り

あんたひょっとこ
あたしゃおかめの
面下げて
二人で今宵は
転がる音頭

あんた誰
宵闇まぎれの
豆手ぬぐい
汗ぐらい拭いな
あたしゃ一息

大国魂の
神は酒盛り
大酔《え》い中
あんたの火箸は
あたしの火鋏

Ⅱ

笑い

「笑う」と日本語で一口に言う
でも　これは翻訳者泣かせ
smile　giggle　laugh　jeer　sneer
英語にはいろんな笑い方がある
こっちだって負けないぞ
微笑　ほほえみ　くすくす笑い　大笑い
嘲笑　冷笑　嗤い　高笑　哄笑

微笑《ほほえ》みましょう
春の風に揺れるタンポポには
嗤いましょう
テレビの妙なコマーシャルには
他者のちょいとしたミスには
人目を忍んでくすくす笑うのが一番
クールな冷笑

クールに笑って　ズバリと殺す
箸が転がっても笑うのは何歳くらいまで？
箸がいくら転がっても　この頃ちっとも可笑しくない

この頃　トシのせいかドジばかり
どうも　みなさまから嘲笑　哄笑の妄想
でもいいでしょ
笑う門には福来る
ひとさまのお役に立っているのよ
お金払って落語を聞きに行く必要なし

世界には笑えない出来事ばかり

鶴の一声

あたしのあこがれは　鶴になること
『夕鶴』のつうのように
人間の女に化けて
かわいそうな人間の男を愛してあげること
「よひょう　あんたは　お金　お金！」

あたしのあこがれは　鶴嘴を持つこと
鶴嘴を持って
あたしの愛犬と一緒に
どこかの庭の宝物を掘り当てること
「ここ掘れ　ワンワン！」

あたしのあこがれは　鶴の声を持つこと
だって「鶴の一声」って言うじゃない？
あたしが何と言っても

誰も本気にしやしない
誰も従《つ》いて来ない

一声どころか　二声　三声してもだめ
大声上げてもだめ　もうくたびれた
だから　一生に一度でいいから
あたしの「鶴の一声」で　世の中良くしてみたい
それがささやか　あたしの夢よ

女の涙

「この子はいじめられても
　決して泣かない子だった」
私の母がわが人生中
誉めてくれた　たった一つの言葉

だから困る
「涙」という題の詩には　でも思い出した
この間　大笑いしたら涙が出た
これはいかに？

年を取ると涙もろくなる
そうは言っても　ちっとも涙は出ない
大笑い　またする気もない

でもこのごろ気が付いた

「女の涙」は非常に効果的
我慢して歯を食い縛り　エッセイ書いたって
ちっとも効果は上がらない

だから決めた　これからは
まずいことになったら
「女の涙」で行きましょう

女の涙
溢れて海となる
バケツで汲んでも
なお溢れる

ぬかよろこび

あたしの喜びはいつも
ぬかよろこび

あら　あのひと　ニコニコしてる
プロポーズしてくれるかしら
きっと　してくれるわ
今度こそ　成功よ
今までで一番　素敵な男性
失敗回数　五回
今度こそ！
一年　ひたすら　めかしこむ
一年　ひたすら　ピンクの夢の中
でも　一年目　どこかへ消えちゃった
電話しても駄目
手紙出しても駄目
一切　音信不通

きっと　どこかの女にさらわれちゃったんだ
あら　ぬかよろこびだった
帰って一人　悲しい酒を飲む

子供がある日百点を取って来た
あら　この子　末は博士か大臣か！
でも　次の日見てもいられない点
あら　ぬかよろこび

いつでも　あたしは
ぬかよろこび

ぬかみそ
こぬかあめ
ぬかるみ
ぬかみそ臭い女房
ぬかった

あたしは　ぬかと縁が切れない

カラスの子

「カラスなぜなくの？
　カラスの勝手でしょ！」
本当の歌はどうだっけ？
替え歌しか覚えていない
はい　確かに
泣くのは勝手です

このごろ　泣きたいことは
たくさんありますからね
大いに泣かせてもらいます
もう　見栄もへったくれもない
周囲の目を気にするトシでもない
裸足で観光客に物乞いしていた子
化学物質やウラニウムのおかげで

不幸の子　栄養不良の子
ドメスティック・ヴァイオレンス
泣くべきことたくさんある

でもまた　わが国は少子化を迎え
やがて　国力すべて低下の憂き目
やがて　カラスの子ばかりの繁茂
人間の子供はいなくなる　それも困ります

ボクカラスの子　一緒に鳴く友達欲しい
かあかあ　かあさんたち　泣いていないで
がんばって　子供産んでよ！

雲を掴むハナシ

この頃　みんな真面目生真面目
大法螺吹く人などいなくなった
法螺など吹いたら村八分
そしたら　手っ取り早い雲隠れ

でも時には　空を仰ぎ見て
雲を掴むおハナシもいいんじゃない？
ほら　空には　鰯雲　茜雲　入道雲
むくむくと雲を吐きましょう

雲を掴みましょう
天狗の下駄借りて空を飛び
雲を掴んだら
冷凍庫に入れて保存

おやつの時には
雲を解凍して
イチゴシロップをぶっかけて
雲フラッペ

この地に愛を
この地に平和を
この地に豊かさを
いつか日本の詩にノーベル賞を

以上は　雲を掴むようなお話
ノンちゃん　雲に乗る

私は駄牛

私は丑年生まれ
だから　牛と深いつながり　御縁
ウサギになりたいと言っても　もうだめ
牛の星の下に生まれてしまった

でも全く牛らしくはない
あわてんぼ
せっかち
はやトチリ
おせっかい
早口

でもいつも聞かれる
「あなたは何年?」
「ウシ」と答える運命　死ぬまで

だから　せめて今日は見習うことにした
インドの車道に坐り込む牛を
じっくり　どっかり坐り込み　休んで動かない
ついでに　涎も垂らす
何台も停められて待つ車を尻目
みんなに迷惑なんて　気にかけない

牛のように生きましょう
仕事の鬼　ゴマスリに明け暮れる人々を尻目に
世間のなりわい　どこ吹く風
坐り込んで　動かない
のんびり型の息子牛と一緒に

おばあちゃんの朝

小学生の終わりまで　私は
おばあちゃんと一緒に
住んでいた　武蔵野市の吉祥寺
大きなおうち　さつき通りの

今　おばあちゃんが甦る
おばあちゃんは一日中働いていた
お昼寝なんかしなかった　朝は五時ごろ起きた
さっさと部屋を掃いて大家族の朝ご飯を作った

ガスだったがご飯はお釜で炊いていた
水はポンプから汲んだ　ポンプの水口には
木綿の日本手拭いの袋が被さっていた
おばあちゃんは苦も無くポンプを上下させた

愚痴なんか言わなかった

聞いたことはない　朝ご飯のおかずは
焼いた塩鮭をよく見た　それから
味噌汁　胡瓜のお酢の物

シラス干しやわかめが入っていた
たっぷりのお酢　ナマリの入ったのも見た
鯵や鰊の干物もよく見た気がする
それに　器に一杯のお漬け物　糠漬け

ほうれん草はサラダ用の生ではなく
必ず茹でてあった　おひたしと言うのかな？
海苔が巻いていたことがある
鰹節が乗っていたような記憶がある

炊いたご飯はお櫃に移されていた
どうやって大きな熱い炊きたてのお釜から
大人数分のご飯を大きな木のお櫃に入れたのか
私にはわからない　わからないけど

木のお櫃は炊いたご飯の余計な水分を
吸い込んで　ご飯はとびきりおいしそうだった
おばあちゃんはお酢とお味噌とお醤油が好きだった
トンカツソースは見たことはない

おばあちゃんは糠漬けの達人だった
台所の床を上げると糠漬けの樽があった
胡瓜　お茄子　大根　人参
なんでもおばあちゃんは漬け物にした

今頃　突然　私はおばあちゃんの朝ご飯を作りたくなった
サラダ　生野菜は飽きた　ハム　ソーセージは飽きた
卵は　夫はコレステロールが多くて禁止
それに目玉焼きは面倒だ　下だけ焦げて黄身は生のまま

ある日　私は奮起した　ドレッシングは止めた！
レタスとトマトのサラダは止めた！
これから　胡瓜のお酢の物を作るぞ　いざ！
ただ胡瓜の薄切りは　スライサーを使用

シラス干しを入れてお酢をぶっかけた
そら　朝ご飯をちゃんと食べろ！
ついでにひじきと切り干し大根の煮物も作った
息子と夫に命令　朝ご飯をちゃんと食べろ！

でも次男は時間がないからとさっさと出て行く
夫は仕事があるからと果物を勝手に食べる
おばあちゃんの朝ご飯は夢と消えた
ただ日曜日の朝には時間がありそうだ

古い日本は消えて行く　消え去った
私はおばあちゃんのようには働けない
台所ではなく　キッチンは便利だ
お茶殻に箒より　掃除機は便利だ

おばあちゃんの喜びと悲しみを
もう一度　私は体験したい！
来週の日曜日には再挑戦する！
ただ糠漬けの芸術は無理と諦めた

おばあちゃんの思い出

おばあちゃんは七人の子供を産んで育てた
男四人　女三人
おむつは古い浴衣を解《ほど》いて作った
もちろん　ミシンなどない　すべて手縫い
もちろん　おばあちゃんが自分で縫った
「どの子もおむつかぶれなんかしなかった
どの子にもたくさん水を飲ませた
水を飲ませぬ馬鹿　って言う」
おばあちゃんはいつかそう言った

おばあちゃんは早起きだった
朝まだ暗いうちに　一番早く起きた
まず　水を汲むのは井戸から
井戸のポンプを上下すると
水が流れ出た

とても冷たい水　特に冬には
もちろん　湯沸かし器なんてなかった
冷たいなんて　でもおばあちゃんは言わなかった
その水で顔を洗い　手を洗った
それから朝ご飯を作った
冬でも　早朝の冷たい水でお米を研いだ
研いだお米をお釜に入れ　御飯を炊いた
味噌汁を作り　漬け物を切り　塩鮭を何匹か焼いた
九人分の朝ご飯
九人分の朝の後片付《あとかたづけ》を終えると
着物に素早く手襷《たすき》を掛け
箒でさっさと手早く部屋を掃き
長い廊下や板の間の台所の雑巾掛けをした
いつも廊下はピカピカだった

おばあちゃんは　関東大震災
太平洋戦争も　生き抜いた
でも　愚痴は聞いたことがない

灯籠流し

お盆には
迎え火を焚くと
あの世に旅立った
みんなが帰って来る
川を渡って
そして
わたしたちと一緒に暮らす
でも　お盆が終わると
みんなは帰る

たくさんの不幸せだった人々
殺されちゃった人々
戦争で
虐殺で
テロで

食べるものがなくて
世界中の
あの世へいっちゃった魂は
みんな
お盆には蘇って
川を渡って帰って来る　きっと
そしてお盆が終わると
またね　って言って帰る

だから今日
世界中の
死んだ　殺された魂たち
みんな
灯籠に点して
これから流す　さあ　みんなで
世界中の川に

どんな小さな魂も
ほうずきのように

赤く　燃える
提灯の中で

みんな
みんな
蝋燭の焔

＊ほうずきは、ほうづきあるいはほおづき（ずき）・ほほづきとも綴られるようで諸説ある。

九十歳の母と六十五歳の娘

母が夜中に転んだとのホームからの電話
アルツハイマー？　あら？
心配して駆けつけた老人ホーム
なんだ　母は元気

部屋の扉ノックに「はい」の声
部屋に入ると母は振り向く
きっぱり　ちゃんと　化粧の顔
茶っ毛のかつら　頭にのっかる

針山セットに花美しく
慌て会話に　ちゃんと返事
洋花だ　私が買って来た小花は
水入れてカップの中　隅に置かれた

いつでも母であろうとする母
ボケは治った？　あるいは杞憂？
私はかつらは使いません　高すぎて
それに面倒ですから

でもせめて　今後はわたしも
白髪には黒スプレー忘れず
化粧直しくらいはいたしましょう
ボケない証拠　でもちふれ？　でいいのです

九十歳の母と六十五歳の娘
光の雲の上
人生は楽しい
良い人たちばかり

娘はズッコケ
その方が長生きの母
どうもそうらしい
生きなければならないと思う

思ってもらう
そういうことらしい

父のこもりうた　――息子に

あんた　聞いてよ
おじいちゃんがおかあさんに
うたってくれた　こもりうた
おかあさんが小さいころ
ふっとなぜだか　おもいだしたの

ねんねん　ころりよ　おころりよ
は～やくねないと
アリが這いこむぞ
一匹　二匹　這いこむぞ
ケッツの穴に這いこむぞ～

あんた　笑わないでよ
もっと上品だったかな？
確かなのは忘れた　もう

ずっと昔だったからね
こんなこもりうた知ってる？

自家製こもりうただったのかな？
それとも　おじいちゃんが
おばあちゃんから聞いた
トウキョウじゃない　どっかほかのところの
こもりうただったのかな？

おかあさん　小さい頃よく脚気で
苦しくて寝られなかった
おじいちゃん　夜
おかあさんの脚を手で揉んでくれて
このうたをうたってくれた

　這いこむぞ〜
　一匹
　二匹
　三匹

這いこむぞ〜
（そのうちねてしまう）

おじいちゃん
こもりうたのときはやさしかった
いそがしかったはずなのに
うたってくれた
ほかのときは　おっかなかった

聞いてる？　あんた
ごめんね　おかあさん
あんたにこもりうた
うたってあげたっけ？
カセットで済ましたっけ？

ねんねん　ころりよ　おころりよ
たんぽぽ　のはら　今はよる
おはなはみんな　ねちゃったよ
ちょうちょもみんな　ねちゃったよ

こどももいっしょに　ねんねしな
あんた今　ひとりでねてるの？
たまにはかえって来てね

無明長夜

私は盲目でございます　瞽女《ごぜ》と呼ばれます
越後の　雪深い貧しい村に生まれました
津軽三味線を背負い　編笠を被り　旅から旅へ
私たちは組で歩きました
歩き疲れても　三味線を打ち鳴らすと
その音色で　私は生き返りました

でも　今　私は　あなたさまのために生きております
あるとき　雪深い　越後の村の外《はず》れの山の頂上にあるお寺で
ふくよかなお胸のあなたさまに　瞽女唄をお聞かせしました
あなたさまは　唄のあとそっと私をお抱きになりました
それから　私の命は変わりました
組から離れ　私は一人麓の村で生きました
毎日　あなたさまを探して私はお山に登りました
あなたさまのお声は聞こえなくなりましたけど

無明の暗闇の中　私は繰り返し　お山へ登ります
今日も　明日も　雨の日も　嵐の日も
あなたさまのお声を求めて　私には　光はありません
私の命は　永遠の　どこまでも続く夜の闇です
でも　毎日　お山へ登ります　あなたさまのお山へ
編笠を被り　三味線を背負って　あなたさまの御為に
暗い　埃だらけの御堂の前に土下座し
段物の口説き節を唄い　津軽三味線を掻き鳴らします

この世はどこまでも続く無明の闇です
あなたさま　御存知でしょうか
無明の闇に生きる　寄辺《よるべ》のない盲目の哀れな女が
たった一度の歓喜に縋《すが》り
この　長い長い夜を生きているのを

掃除をしよう

今日　掃除をしよう！
この間　いつ掃除をしたかもう記憶にない
そろそろ　ゴキブリが宴会する
いくらなんでも一生掃除しないなんて聞いたことはない

息子はゴキブリ取りを買って来た
頼みもしなかった
掃除なんて自分でしたことのない
息子でも　ゴキブリだけは気になるらしい

広くはない　マンション
でも本の山
だから空間を縫えば
さほどの労苦ではない　その筈

息子は大きくなって手が省けた
だからこの頃　仕事に海外滞在に
わが世の花と時間を埋め尽くした
忘れた　掃除なんて

じっくりと思い出せば
結婚したては結構掃除をした
長男が生まれて　忙しかった筈
結婚出来たら女は掃除係と思い込んでいたのかもしれない

今　もうそう若くはない歳《とし》
とっくの昔「女は掃除」から解放された
いや　いつの間にか勝手に忘れた
でも　部屋は汚れる　だれかが掃除しなければならない

息子は頑としてしない
だから結局は　わたしが掃除するわけだ
広くないと言っても　二、三分でというわけにはいかない
基本的な生活の勤勉は一生続く

さあ　掃除だ！　今日こそ！
でもその前に詩を書いてしまった
疲れた

ひょっとこ踊り

あんたひょっとこ　あたしゃおかめよ
めのとで踊る　おめでた踊り
踊る阿呆の　無礼講

あんたひょっとこ　あたしゃおかめよ
祭り手拭い　頭に被り
ひょっとこ踊れば　拍手万雷

あんたひょっとこ　あたしゃおかめよ
両袖隠す　おかめづら
つらを見せれば　福の神来る

あんたひょっとこ　あたしゃおかめよ
踊る神社の　紅白幕に
めでた　めでたの　今宵の祭り

ひまわり

ここに一枚の写真がある
息子がまだ小さかった頃
ひまわりに向かって手を差し伸ばしている写真
保育園の庭
遠い夏

ひまわり
地球と共に回る気象衛星
遠い昔　農家の庭先で咲いていた花
ブランコに乗る少女の胸に
鮮やかに描かれていた模様
それは回る地球
それは輝く太陽　そして
それは
八月

幾万の人を殺した
熱い閃光
二十個もの太陽の灼熱
地球は黒い
神も黒い
人間も黒い

息子はひまわりに手を伸ばす

ほうずき・法頭巾

浅草のほうずき市より直送と
カタログ読んで母にすぐさま
夏贈り物

ほうずきの木
鉢植え豊かに実を垂れる
今着いたわよと母から電話

母の声弾む
わが胸弾みて思い出す
遠き夏の日ほうずき遊び

皮剥けば
坊主頭に赤い袈裟
坊様撫で撫で種を抜く

お坊様潰《つぶ》しちゃだめよと
祖母の声
大事に撫でてもすぐにパンクす

夢淡き夢の叶《かな》うは難しと
渡る世間の教訓悟る
子供ごころに人生目覚め

やがて上手に坊様の
尊き頭から袈裟離す
ほうずき実の皮夕陽に映えた

ほうずき色は赤でも橙
黄色でもなく
そうだあれこそ夕陽の色だ

夕陽照り火照りし頬に
熱き胸　ほうずき唇

鳴らした子供

鬼ごっこ走り回りて
鬼から逃げる
われをストップほうずきの木

まだ枯れないわ
喜び報告母の声
毎日水掛け母の気遣い？

撫でよう撫でよう
坊様撫でよう　頭の赤く
照り映えるまで

鳴らそう鳴らそう
ほうずき鳴らそう
音の流れる昔の今に
法頭巾《ほうずき》に浮かぶ子供の

われの日々
いじめに泣きて坊様なぐさめ
そうだこの今気が付きました
坊様隠す赤い葉覆い
剥けば赤袈裟　そのまま法頭巾
どちらも赤く
燃えてる焔

＊ほうずきは、漢字では普通には鬼灯・酸漿と表記されているが、頬付きあるいは文月（ふづき・七月）がほうづきと訛って綴られるようになったとの説もある。私は本詩では勝手に法頭巾（ほうずきん）の訛と解釈した。

一人減って又一人減った

十人の小さなインディアン
一人減って又一人減って
最後にたった一人になる
やがて誰もいなくなるだろう

初めは四人いた
私と夫と長男と次男
みんないて日曜の夕食は楽しかった
それから夫がいなくなった
単身赴任で仙台へ行った
それから長男がいなくなった
横浜の大学に入り下宿しに行った
残ったのは次男と私

たった二人だけになった

二人だけの毎日
二人だけの夕食の夜
部屋は沈んで行き
海の底に到る
ここは海の底
海草がゆらゆら揺れる
二人で漂う暗い海
電灯は鮟鱇《あんこう》のランプ
あなたは棘のある深海魚
私をちくちく刺す

茶を点てる

いそいそと着物を着
茶を点てる
一週間に一度
いつの日か息抜きとなった

すべてを忘れ
緑の抹茶を器に入れ
茶を点てる
沈黙と忘却の時

その沈黙と忘却に魅せられ
茶を点て始めて五年
お茶も緑　外の風景も緑

施餓鬼供養・初盆

夏の盛り　八月十六日に
亡くなった叔父の　初盆の供養に行った
庭に　百日紅《さるすべり》の花が赤かった
門脇に　あの世から帰って来る霊が
迷わないように印を付けた　お寺の門口
三家族くらいの親類が集まって
お坊さまに御経を詠んで貰った
お坊さま五人の高らかな読経　汗　汗

私達は　その後一人ずつ　焚いた香に拝んだ
挨拶した　それから境内にある叔父のお墓に詣でた
叔父は生前　各地に散らばった先祖代々の墓を集めた
そう聞いた　それで御先祖さまを一緒に拝んだ
叔父様　生前はありがとう　優しくて
残念だった　叔父様の死

近くの叔母の家に行った
盆飾りを見てね――
盆飾りの仏壇　造花の蓮の花　ぼんぼり
仏壇に胡瓜と茄子が置いてあった
それぞれ四本楊枝で刺してあった
脚のある馬と象
帰って来た叔父様の霊が
また　これに乗って帰って行く
故人の写真　いまだにおうちにいらっしゃる

初盆の儀式は終わった
お盆の終わり
この世に帰って来た霊が帰る日
家族が故人を偲ぶ日　別れを再び悲しむ日

千葉県の菊間の初盆
数人の僧侶の声高の読経　響く天井に
流れて行く　寺の庭に

流れる香の香り
「東京ではもう見られないかも
　しれない　来てごらん」
私は息子達をそう誘った

千葉県の初盆法事
施餓鬼供養
あの世で餓鬼となった霊に供養を施す
私たちが餓鬼ではなかったのか？

信楽焼のカエル

古い池
カエルが飛び込む
ボシャーン！

また飛び込む
ボシャーン！
水の輪が次々拡がる
千手観音の腕輪みたい

そして　沈黙

また飛び込む
ボシャーン！

そして　沈黙

あたしも飛び込みたいな
古いお池に
いきおいよく
でもだめなの
なぜって　あたし
信楽焼のカエルなのよ
のりこおばさんの玄関に置かれた

それに背中に息子蛙をおんぶしてるの
重くって
ずっと乗っかったきり

真実の道

幾多の道を歩いて来た
ある道はぬかるみだった
ある道は日照りで干からびていた
ある道は石ころだらけ
ある道はデコボコの道
ある道は緑の草の道
ある道は色とりどりの花の咲く道

わたしはたくさんの道を歩いて来た
どの道も辿り着く場所があり
迷っても　いつか辿り着いた美しい道だった

でも今　息子よ
ここから　道のない道がある
どこへ行くかもわからず

どこで途切れるかもわからず
どこで　谷底へ落ちるかわからない道
あるときは霧に覆われ
あるときは怒濤の颪のなか

それは　真実という名の険しい道
今
真実に目を留める人は少なく
皆　欺瞞の中にたむろし私利を貪っている
権威にへつらい
嘘の中に巧みに生きようとする
真実を言う者を迫害し　追い出す
そして　この世に真実があることすら忘れ果て
安逸と安楽と名声を求め　日々を泳いでいる

でも　息子よ
この道を忘れないで欲しい
ほんの一部の人々が　その光を知る至福の道
苦しくても　つらくても

汗みどろになっても
他の誰もが安穏の中　行こうとはしなくても
そして　私たちしか歩けず
私たちの前にしかない道だとしても
行って欲しい　むしろそれゆえに

真実という名のこの道を
金色のひまわりが咲く　この道を

河

私の中にいくつもの
河が流れている
いつも流れている

ライン河　ドナウ河
黄河　荒川

多摩川　メコン河
ガンジス河　ハン河

神通川　リフィ河
テームズ河　セーヌ河

江戸川　大井川
チャールズ河　ハドソン河

多数のもう名を忘れた河
その名を尋ねなかった河

河の両岸にいつも　大きな都市があった
都市を訪れ河を眺めた　いつも橋があった

渡った橋　眺めただけの橋
過ぎただけの都市　住んだ都市
滞在した都市

私の河はみんな　滔々と流れていた
ある河は空を映して青かった
みんな海に行くのだろう

でも私の中でこだわり続けるものがある
世界の河は必ずしもみな澄んではいない
緑藻や黄土や黄砂や塵芥に濁る

どうしてわれわれは
透明な水にこだわるのか
アジアの河はしばしば濁りに濁る

飲めない
黄河は黄土色
メコンは確かに赤い濁りだ
ガンジスには死者の灰が浮かぶ

私はなぜか河の水の汚濁が好きだ
濁りに濁った河が好きだ
汚濁の汗に
どっぷりと浸かりたいと思う

私の中でいくつもの河が
いつも一緒に流れている
一本の大河となったり
多数が同時に流れていたり

どの河も私は愛する
どの河も思い出を映す
私の人生と共に流れ来た
私の河　でも

私のいとしい河の
思い出は
なぜかいつも
美しく
濁っている

Ⅲ

〈短歌選・旧仮名遣い使用〉

カトマンズへの旅

くさまくら遠き旅路をしのぶれば地震に破壊のカトマンズ愛し

褐色にサリー鮮やか径闊歩あきなひの声大道響く

夕日照る王宮の街にパコダ立つ天に聳ゆる塔の親しさ

カトマンズ街の喧騒偲びゆく行き交ふ車の活気の今に

虹色の庭の花々匂ひけり出会ひし詩人と会話も今に

蘭の花ヴィシュヌの神の供花と聞く芳香漂ひ神は嗤ひぬ

カトマンズ悲惨生き延び立ち上がれ負けるな神は助けたまはむ

この世にはなゐ*ありあり大風大雪もわれら同じく苦難を越ゆる

高々のエベレストの山は天を背にポカラの池に御影落としつ

＊なゐ＝地震のこと

山映の上をボートで渡りしも思ひ出遙か水面《みずも》を滑る

インドにて・二〇〇九年

空飛んで地上の国境越ゑて来た命なりけりデリー空港

ふるさといづこ?われは再びインドの地　人群《ひとむれ》なつかしメイン・バザール

クリシュナの神絵画と像で奉るデリーの宿のおんぼろ嬉し

わが宿の部屋に到着安堵する風呂のかわりの水浴バケツ

ガイド氏と一緒に飲みしインドティ再びこの地とわれに乾杯

さあいざと巨大バケツに水入れて手拭ひ濡らし朝の沐浴

朝餉待つ間に点けたテレビ音英語と現地語?音楽と聞く

デリーからコルカタに飛ぶ飛行機の外の雲見て新たな希望

旅の果てコルカタの知人と出会ひたる空港外は夜の電灯

道はいま車のライトに照り光りタクシー走る都市の騒音

コルカタの大学教室由緒ある浴衣着てわれ皆に挨拶

ガンジスにて

漆黒の未明の闇を舟漕ぎて来たる老女の蝋燭を手に

蝋燭の小さき皿に花ありて灯火の明かく河を下りぬ

ちかちかと蝋燭無数に流れ去るこの世の闇を照らして揺らぐ

漆黒の未明の闇を漕ぎ来たる蝋燭売りの老女のまなこ

インドなる民の女神のその眼窩老女に重なりわれに生きたる

蝋燭の炎の闇を浄め去り闇薄れゆくガンジス夜明け

ガンガーに朝日昇れり聖河なる世界の河の曙の光

始まりの朝のしらじら拡がりて見ゆる人々活気ざわめき

われもまた安く値切らむ少年の見せし土産の色鮮やかに

見知りたり民の品売り活気あり河の岸辺はそれゆゑに聖

シチリア島・イタリア

長き旅の果てに見上げるシチリアのエトナの山は空に煙吐く

一輪の王冠被りてイギリスの詩人の愛した火山を今見ゆ

ロレンスよあなたの愛した情熱の金色蛇をわれは追ひたり

ブッダガヤにて

ブッダガヤわれは来たれり今ここにシッダールタの悟りの聖地

マハボディ寺院の聳ゆる天を突く塔の永遠悠久今に

菩提樹の寺の周囲に蝋燭燃ゆる香も焚かれて民の汗見る

寺の裏に由緒の菩提樹今にある木陰で仏陀の最初に悟り

マハボディの菩提樹今も緑なる供花の蘭あらたに祈り変はらず

勤行の僧の汗見ゆ熱き陽に民も汗だく仏陀も汗か

あちこちに見る供花の蘭きよらかに香りを放つブッダガヤの地

境内の大きな池に仏陀像立つ蓮華のなきも蛇の巻きつつ

今むかし勤行仏陀に大蛇の日除《ひよ》けす納得むべに竜神となる

そういへば菩提樹の木も天の笠か緑の笠下われら憩わむ

サールナート古き卒塔婆の今に立つタイのミャンマーの僧の祈りて

われもまた共に祈らむ人々と彼らと共にタイの僧に和し

ホテルにて朝食時にわれ出会ふタイの人々英語挨拶

境内に大きな菩提樹の天に聳ゆる緑の笠下われら憩わむ

境内の片隅鹿の今に住む餌売り少年売り声高く

サヘート・マヘート祇園精舎の鐘の声ここはインドとわが知新たに

庭にある博物館の仏陀のお顔やさしくこの世を導きたまへ

ロープウェイで目指すは高くラージキル見下ろす仏陀の訓《をしへ》の今に

インドにて食べたカレーの忘られず天竺今なほ民を抱きぬ

インドなる淑女のサリー色赤く世界の暗さ飛ばして歩く

――ペクチェにて

プヨと聴くペクチェと聴くはハングルの音の飛翔よ芙余《ふよ》よ百済よ

われらともに険しき道を登りゆく百済の山の緑なる夏

山頂の観音寺の佇まひいつか来し道読経流るる

遙か下流るる川の水豊か滅びし国は今は緑に

米豊かスイカ豊かかプヨの里いくさ負けしもペクチェのいまだ

在日の友と歩かむ公州のかつての国の興亡のあと

新羅唐百済と大和の援軍を打ち果たしたる伝への今に

哀れかな百済の国の滅亡の女人多くが崖より入水

古式の帆の舟に乗り込みはしゃぎゆく国の興亡今は昔に

百済なる博物館で仰ぎ見た石仏巨大お顔は素朴

素朴さと洗練さとはいかに縁?百済と韓国未知多くあり

在日も大和生まれも同じ道辿りて休む一服笑顔

台湾にて

短くて長きフライト三時間遠くて近き台北空港

嵐越ゑ今また始まる国際詩会音楽嬉しくライト眩しく

嵐越ゑ再会嬉しわが英語異国の友と詩を語るとき

再会の友と喜び過ごしゆく木々あり温泉自然の豊か

何気なく挨拶交わすバスの旅ひさかたぶりに再会嬉しも

ヴィザ取るに一日遅れと詩人いふ何も言はずの再会祝ふ

詩人着るウールのジャケット印象刻む山は寒きか台湾・中国

次々と当地詩人の声豊か通訳巧みに夜は光りて

故郷忘れわれに新し地図のある世界広しと理解のはずも

多種多彩皆と祝ひし台湾の食事の豊か時間《とき》ありがたき

目見張るダック山盛り台湾の路傍の食堂親しさなつかし

三角のモダン建築飽きたわね米国詩人と路上の会話

牡丹刺繍重く運びしわが和服着衣の時の舞台晴れやか

宿の窓見晴らす彼方に山々の樹々は波打つとこしへ緑

日本点世界の地図のただ中でいかに拡がる思案を越ゆる

和服持てと台湾詩人の声近く日本の詩人へ期待の嬉し

友と歩く檜の神木見上げつつ神はいづこと異国の詩人

台湾の山に自生の神木《しんぼく》の樹齢二千の檜の緑

皆家族語り合ふとき世のひとつ兄弟姉妹と英語で会話

エクアドルより来たるダンサー語る森若さ黒き目彼女インディオ?

グラスゴーにて

高速をバスは走りて夜の中ネオンの映ゆる街の灯近く

街中に降りて左右を見渡せばわれ今スコットランドの地に立つ今は

夜深く道の敷石ごとごとと荷物転がしホテルを目指す

グラスゴーにてセントラル駅の真ん前に目指すホテルを見つけし安堵

厳めしき駅の建物巨大なる石の重さにローマを偲ぶ

歴史あり歴史を捨てず背負ひたるグラスゴー街の巨大さを見む

天を突くゴシック調の建築の今に居並ぶ歴史の嬉し

到着の翌日は雨次の日もセーター着用われに雨降る

街中は四方に延びる石舗道ローマの敷道?古きに浸る

赤きバス気ままに巡る街ツアー最後に降りし大聖堂に

いざ祈る固き石壁ドーム天井見上げてこの世の安全平和

*

ながさきの鐘

ながさきの出逢ひを求めわれは飛ぶ未知の雲にぞ突き進まむと

ひさしぶり立ちしながさき命かなわれは再びながさきのひと

市電降りのぼる坂の息重き平和の坂の歩みは苦し?

坂上に聳ゆる浦上天主堂ながさきの鐘の天に響けよ

いくさにて割れたる古き鐘ありて展示の場所にわれは佇む

思ひ出す遠きいくさに焔あり崩れ崩れし信徒の願ひ

浦上の破壊のマリアの目のうつろ眺めたまへよこの世のうつろ

出逢ひたるひとの詩に読む「聖者破壊」といくさ嘆くに国境のなし

共にまた立ちて祈らむ世の平和出逢ひしひとの共の輪嬉し

ながさきの鐘の音今や高くありこゑ安らかに世界に響けよ

風の径

太宰府に来たりて遠く旅の路《みち》梅の香探すも秋風ぞ吹く

菅公の跡を慕ひて空の旅の短き長きも今われ知らず

東風《こち》吹けよいざやわが風荒きくも負けずに歩む社の参道

参道に群がるひとびと多かりき今なほ絶えぬ天神のこゑ

社の脇にゆかりの梅の木今にあり菅公追ひてはるか飛び来し

梅の木に今に香りはなくもがなわが身芳香に満ちる太宰府

太宰府の聖水きよらに呑み干せば菅公の歌われに響かむ

参詣を終へし翁と語るとき梅の香なくも白菊の香

菊の香を抱く神社の思ひ出は春の来ぬとも花ぞ咲きゆく

風の径来たりてわれは旅人よ去るも来たるもわれの夢風

隠岐の島・舞楽

隠岐の島はるか世捨ての思ひ出や今は緑の神の島とぞ

赤壁の岩山切り立ち海碧く陽にきらきらと波の眩しき

後醍醐の後鳥羽の上皇棲みゐたり流罪とふ名の歴史の波見ゆ

後醍醐祀る社の松の古きしも新たな木の香の舞ひ処建つ

舞ひ処の壁に展示の写真ありジャワのインドの中国の舞ひ

隠岐の島の神楽にアジアの流れあり舞曲の面の類似を学ぶ

笛太鼓盛りの神楽の活発よ舞ひ手飛び跳ね汗の散りゆく

バスに戻るそぞろ歩きに驚ろきぬ舞面取りたる素顔は少年

勇壮のジャンプを見せしあの舞人はあどけなく笑ふ少年なるか

さよならと自転車に乗り少年の去る見送るわれに島旅の径

東大寺・サクラ雨

幾星霜この日待ちたりここ東大寺海外詩人を案内のわれに雨降るさくら雨降る

いつの日かインドの聖地巡礼その果てに極東アジアの片隅に大釈迦牟尼見上げて驚きたるは

雨宿り友と見晴らす東大寺時空を越ゑてそこにある仏のまします大きくましします

巨大なりかくも永久なる道のりの仏陀はやすらか民を叱らず

旧約の怒れる神から愛の神へさくら見上げてキリスト語る異国の詩人の交流忘れず

いづれをも愛と平和のねがひなりせかいのさかひ乗り越ゑてさくらよ咲けよ咲き続けてよ

東大寺に雨の降るやさしさありてしんしんとさくら咲きしも刻まれし雨の涙の交流忘れず

大阪城

春爛漫サクラ彩る大阪の城に愛《め》でたし大都市栄ゆ

広大な大阪城公園歩きゆくそぞろに歩くも偲ぶは面影

石垣に昔の城の夢の跡の残んも嬉し坐りて憩ふ

ここ真田ここは宇喜多の陣張るか今は昔のもののふの影

天下分けむいざいざいくさの陣張りて兜鎧に戦旗掲げむ

秀頼のさだめの哀れに木陰にてここ最期の地と聞くも英語で

今はゆめ討たれしもののふの影の見ゆいざ敗残の旗持ち雄叫び挙げむ

秀頼よ淀よ今は往生か城を枕に死すは天なり

天下びとあはれ秀頼霊移り憎き関東討たむかわれら

高野山へ

待望の世界の詩人会議は終はりゐて最後のホテルの精算支払ふ

支払ひてホテル去りゆくその前にふと口にした高野山行き

ひさしくもその寺の名のわれにありされどもつひにおとなふときなく

けふ行かずば生涯おとなふことなきといざわれ決意の巡礼の旅

笑顔あり去りゆくわれを見送りてくれにしホテルのひとに挨拶

なんばにて乗り換へたるは南海電鉄弾むこころのわれは乗客

意外なりケーブルカーに坐りゐてあたり見回す異国びと多し

心鎮めひたすら見やる高き山いざ乗るバスは奥の院行き

旅の果て長きわれらの旅の果てひとり歩まむ最後の札所

リュック背にトラベルバッグを引き回しモダンなるわれ許せよ大師

奥の院バス旅果ての奥の地にひとり佇む小雨降る道

ひたすらに歩む小雨の石の道のまはりに苔むす墓のゐ並ぶ

浅井の名徳川の名のそこに読む有名無名の墓の銘見ゆ

菩提あれ阿弥陀よ釈迦牟尼そこにあれ永久の平和とやすらぎぞあれ

雨の中つひに来たるは奥の院明かりに見たし永久のともしび

ともしびよ燃ゑよ伝へよわれらに霊をパソコン担ぐもわれも巡礼

われ来たりとふとふ来たりし大師の廟小雨ひたすらわれの頬打つ

常日頃仏に祈りを忘れしもわれを赦せよ永久なる焔

巡礼のスタイル映ゆるおばさんに教へてもらひし地下の灯籠

あきらけく灯火ゐ並びわれひとり孤独なれどもわれ霊とある

雪の富山

訪れし富山の里は三月のすゑ朝にしとどに雪の降りゆく

雪降りて立山連峰雲隠れここは北陸寒き春の日

雪しとど渡る川の名神通川とかつての議論は吹雪に巻かれ

鱒ずしの鱒はしめやか毒持たぬ富山の浄き川に泳ぎて

神通る蘇りたる川の澄みゆくも白く吹雪きて神はいづこに

雪除《よ》けて宿りし民俗村の民俗館迎への女人の気遣ひ嬉し

合掌の由緒の家屋根雪担ぎストーブ灯りて寒さ遮断す

がっしりと太き梁見ゆ合掌の家は富山の旅路の祈り

安堵して雪を忘れてわれ憩ふ合掌造りの家の堂々

中尊寺

今は昔つはものどもの夢の跡辿りて来たりわが夢の旅

さまよふは芭蕉の影よ義経のゆくへ求めてわれの細道

尊しや金色光る阿弥陀堂栄華の今に堂の再建

極楽のこの世にあれと願ひつつ三代の夢は夏草に生く

弁慶が総身に矢を受け往生す菩提を胸にその地を探す

沙羅の花いづこにありや奢る者久しからずと無常の鐘鳴る

この世儚《はかな》きそれがまことと知りつつもいざ蘇れこの世の金色

今は夏草の茂るもすこやかにつはものどもの夢よ再び

浅草寺にて

メールにて見つけし友の名の嬉しインドの旅の思ひ出来たる

チェンナイで共に過ごした日々のあり結びし縁の今ありがたき

彼女言ふ横浜の日本の友の家に居るなつかしき声いまだ忘れず

ランチには蕎麦お好み焼き食べたしとお好み焼きに卵入るが？

思ひ出すインドの彼女ベジタリアンとヒンズー文化固く護られ

共にゆく約束の地の浅草寺嬉しきはわれ父と来し場所

仲見世の店のなつかしノスタルジアにいつか来た道友と歩きて

なぜか今参道歩き思ひ出すインドの寺の参拝の路

靴脱ぎて上がる境内参拝の人に交じりてわれ手を合はす

中央の扉閉まりて観音隠れなぜとの問ひに秘仏？と答ふ

江戸川

はるか下紺碧の河は天の蛇流れ流れてわが地うるをす

市川の街の彼方に拡がりておもちゃの如く東西線ゆく

きらきらとまぶしき河の照り映ゑて天の河なるわが川江戸川

幾度越ゑし幾度渡りし江戸川の流れの悠々わが身を祝す

通勤の東西線乗り日々越ゆる江戸川渡る鉄橋固く

勤めたる大学キャンパス十八階のキャフェテリアから江戸川蒼く

見下ろせば市川の町並区切りゐて空の江戸川きらきら流る

流れゆき川波青く空映し今は江戸川平和の河と

海彼方遙か見果てぬ海彼方江戸川この世を輝き流れよ

神々に祈らむこの世の荒き川鎮めて清き聖水となせ

◆初出一覧

作品	初出詩誌・書籍　日本語	日本語版・英語版詩人会朗読、英語版発表海外詩誌他
Ⅰ		
裏町の銭湯	「光芒」57号（２００６年６月）	「光芒」６月の刊行詩会で朗読。同年。
坂	「光芒」62号（２００８年12月）	２００８年度現代詩人会主催千葉県詩人クラブ総会にて朗読。当時の現代詩人会会長大岡信氏臨席。
あばずれ亭主の女房《にょうぼ》がうたった	「新現代詩」１号（２００７年１月）	
あたしゃあんたに惚れ惚れ鏡	未発表	
あたしゃお七	「詩と思想」２００９年４月号	
河童の話	「詩と思想」293号（２０１１年３月）	
少年少女漫画劇場	「新現代詩」16号（２０１２年夏）	
最後の祭	「潮流詩派」221号（２０１０年４月）	
蘇った海 ―船橋駅前・浅蜊売りのおばさん	２００８年度版『生活語詩二七六人集』（２００８年９月／コールサック社）	東洋大学での生活語詩刊行記念会で朗読。有馬敲氏が夫人と共に来京。コールサック主宰。
千葉県・船橋駅前・路地の奥	「千葉県詩集」第36号　２００３年度版（千葉県詩人クラブ発行）	同年千葉県詩人クラブ朗読会で着物をほどいて細長く切った京染めの布を首巻きに使用したパフォーマンス朗読実験。
べらんめえ！	『現代日本生活語詩集』（２００７年11月／澪標社）	
べらんめえ！　その２	２００８年度版『生活語詩二七六人集』（２００８年９月／コールサック社）	
五行連詩　火祭り	「新・現代詩」19号（２００５年冬）	

Ⅱ

笑い	「潮流詩派」210号（２００７年）	
鶴の一声	「潮流詩派」214号（２００８年７月）	日本詩人クラブの開催したオンライン詩の研究会（村山精二氏担当）に参加した。２００６年２月―２００８年12月までオンラインで実施。Ｅメール使用。
女の涙	「潮流詩派」211号（２００７年10月）	
ぬかよろこび	「潮流詩派」193号（２００３年４月）	
カラスの子	「潮流詩派」215号（２００８年10月）	
雲を掴むハナシ	「潮流詩派」212号（２００８年１月）	日本詩人クラブの開催したオンライン詩の研究会（村山精二氏担当）に参加した。２００６年２月―２００８年12月までオンラインで実施。Ｅメール使用。
私は駄牛	「潮流詩派」208号（２００７年）	日本詩人クラブの開催したオンライン詩の研究会（村山精二氏担当）に参加した。２００６年２月―２００８年12月までオンラインで実施。Ｅメール使用。
おばあちゃんの朝	「光芒」74号（２０１４年12月）	
おばあちゃんの思い出	日本・ネパール合同詩集『花束』第二集（２００３年／ナマステ会）	同年10月ネパールにてネパール詩人との詩朗読会にて自作英語版を朗読。
灯籠流し	「嶺」28号（２００８年３月）	Noriko Mizusaki, Walking Around The World, I Look For A Nest Of Peace, November 2010, Edizioni Universum, Italy.
九十歳の母と六十五歳の娘	「光芒」76号（２０１５年12月）	
父のこもりうた―息子に	『現代生活語・ロマン詩選２０１０』（２０１０年10月／竹林館）	「現代生活語・ロマン詩選２０１０」出版記念朗読会で詩朗読。２０１１年６月19日・隅田川河畔の「そら庵」にて。永井ますみさん担当の全国詩朗読キャラバン関東ブロック。

無明長夜	「詩と思想」２００６年８月号	「日韓詩の祝祭」（代表・飯島武太郎）にてソウルで日本語版を朗読。瞽女（ごぜ）について韓国側の日本文学研究者から質問を受けた。同年だと思う。
掃除をしよう	「裸人」31号（２００８年１月）	
ひょっとこ踊り	「時調」17号（２０１６年３月）	
ひまわり	『雑踏の中で』（１９９７年／土曜美術社出版販売）加藤幾恵さん編集。	
ほうずき・法頭巾	「新現代詩」13号（２０１１年夏）	
一人減って又一人減った	未発表	
茶を点てる	未発表	
施餓鬼供養・初盆	未発表	
信楽焼のカエル	「麦」145号（２００８年夏）	
真実の道	「焔」74号（２００７年）	
河	「嶺」33号（２０１０年９月）	英語版を２０１１年度ストルーガ詩祭（８月末）で朗読。
Ⅲ		
カトマンズへの旅	未発表	
インドにて・二〇〇九年	短歌誌「湖笛」（２００９年中　松江）	
ガンジスにて	短歌誌「湖笛」（２０１０年中）	Noriko Mizusaki, *Walking Around The World, I Look For A Nest Of Peace*, November 2010, Edizioni Universum, Italy.
シチリア島・イタリア	「第57回千葉県短歌大会詠草集」（２０１４年10月）	Noriko Mizusaki, Giovanni Campisi, Ornella Cappuccini, *THE PATH OF HUMAN EXISTENCE*, 2015, Edizioni Universum, Italy.
ブッダガヤにて	短歌誌「湖笛」（２０１０年中）	Noriko Mizusaki, *Nostalgia*, March 2011, Edizioni Universum, Italy.

ペクチェにて	短歌誌「湖笛」（２０１０年中）	
台湾にて	短歌誌「湖笛」（２０１１年中）	
グラスゴーにて	短歌誌「湖笛」（２０１６年３月）	
ながさきの鐘	「コールサック」66号（２０１０年４月）	Noriko Mizusaki, *Nostalgia*, March 2011, Edizioni Universum, Italy.
風の径	「千葉歌人」第32号（２０１６年５月）	
隠岐の島・舞楽	短歌誌「湖笛」（２０１６年５月）	
東大寺・サクラ雨	『日本現代詩選２０１５〈第37集〉日本詩人クラブ』	
大阪城	「時調」16号（２０１５年／時調の会）	
高野山へ	「時調」16号（２０１５年／時調の会）	
雪の富山	短歌誌「湖笛」（２０１０年中）	Noriko Mizusaki, *Nostalgia*, March 2011, Edizioni Universum, Italy.
中尊寺	短歌誌「湖笛」（２０１１年中）	Noriko Mizusaki, *Nostalgia*, March 2011, Edizioni Universum, Italy.
浅草寺にて	短歌誌「湖笛」（２０１１年中）	
江戸川	『恋歌』（２０１３年／竹林館）	２００９年度のマケドニア・ストルーガ詩祭にて初日のメイン会場・講堂内で浴衣姿にて英語版朗読・日本語版朗唱。

◆著者略歴

水崎野里子（みずさき・のりこ）

一九四九年東京生まれ。詩人、歌人、俳人。歌集に『長き夜』『恋歌』。自由詩と短歌と俳句のコラボレイションを目指して英語単独使用と英語・日本語のバイリンガル発表での日本現代詩人アンソロジーを左子真由美と共同で企画・編集。*Poems of War & Peace, For a Beautiful Planet, One Hundred Leaves* など。ＰＯ会員として代表エッセイに「世界の詩人たち（1）UPLIプレジデント　ヴィルジリオ・ユゾン」、「世界の詩人たち（3）ギリシア詩人ダナエ・パパストラトゥ――ハイク」など。総合アート誌「パンドラ」主宰。国際桂冠詩人協会（略称 UPLI = United Poets Laureate International の略）理事。二〇一三年度 UPLI/ 世界詩人会議（略称 WCP = World Congress of Poets の略）大阪大会プレジデント。所属は他に「柵」「光芒」「時調」「湖風会」など。

十三歳まで東京都武蔵野市吉祥寺に住む。井の頭公園によく遊びに行った。小学校・中学校は武蔵野市立第三小学校・第三中学校に通う。小学校の五・六年生時代の担任であった辻田晴子先生は作文授業をよくやってくれていていつも五重丸をくれた。辻田晴子先生はその後も私が文人としてデビューすることを疑わず楽しみにしていてくださったようだった。武蔵野市立第三中学校時代は国語の先生に恵まれ、中学一年の時に旺文社主催の中学生部門全国詩のコンクールで一位をいただいた。授賞式には国語担当の先生が同伴してくれて武蔵野市立第三中学校宛と私宛に賞状と賞金を貰い、旺文社の社長と握手いただいた。武蔵野市立第三中学校では読書感想文のコンテストで二度入賞した。武蔵野市長賞と小金井市長賞であり、それぞれ賞状と時計を貰った。中学時代の国語の先生からも将来を託された。今、改めて御礼申しあげたい。

結婚後しばらくは良妻賢母とまじめな英語教師を念じたが、齢四十の半ばあたりから翻訳とエッセイ発表、また御縁あり初めは短歌、次に自由詩の創作を開始した。アカデミックな仕事と二足草鞋《わらじ》の両立を目指したが、しばしば交点を期待されてきた。学者理論の応用と理解する。海外交流に従事すると実はアカデミックな知識と仕事も評価され共に応用が利く場合も多い。フランス語・東西の文化知識に強い左子真由美さんとの共著・編集の著作は多い。初めは夫に同伴の国際学会参加、やがて詩人としての海外での詩祭参加経験多数。

〈受賞〉二〇一三年度 UPLI/WCP 桂冠詩人《ポエト・ローリエット》賞、マイケル・マドフスダン金賞（インド・コルカタ）、二〇一五年隠岐後鳥羽院和歌大賞、他。

住所　〒二七三－〇〇三一　千葉県船橋市西船二－二〇－七－二〇四

謝辞

竹林館との出会いは、ほぼ十年以上も前になる。ある日、当時流行の兆しを見せていたインターネットで竹林館をサーチした。そうしたら驚いた。画面にピンクの蓮華の花がゆらゆらと揺れていたのだ。あら？　私はなぜか竹林館のスタッフに興味をもった。それから十年以上ものおつきあいである。中心となる編集スタッフ他の詩人の方々に心より感謝申しあげたい。

現在の新体詩の一元化・無個性化傾向の中（＝東京だけではなく世界的な状況）で、こういう詩が海外では朗読・受賞の機会を与えられて信頼され注目もされたということを、そういう時代があったということを、そういう詩人がいたということを、今、あるいは後世に、皆様に知っていただくことは少なくとも無駄ではないと信じた。左子真由美社主には、古いフロッピーを起こしてひとつひとつワード保存に残す私の雑な作業の中でお送りしたかなりごたまぜの詩篇群から、丁寧に拙作を抜き出し本詩集を編集いただいた。前著『恋歌』に続いて、名編集者ぶりに御礼申しあげたい。また随時私を励ましてくださっている詩人の方々にも最後にまとめて御礼申しあげる。

昨年あたりのある機会に、「水崎さん、十年かかったよ」と言われたことがある。十年一昔と言うが、具体的にその発端となった詩「火祭り」と、以降、日本の詩の国際化という明確な意識を持って詩の土着性を狙ってきた一連の詩群が、また、日本―アジア―マイノリティ理論の延長と応用としての一貫した詩作が、日本で今一冊の詩集となって上梓されることにはある感慨がある。詩の土着性とルーツ探究のテーマは、特に関西詩人からかなりのご理解とご支援をいただいている。シェイマス・ヒーニー、アジア系アメリカ詩人、他――関西の国際性に御礼申しあげると共に今後のさらなるご活躍を期待したい。

二〇一六年五月吉日

水崎野里子

詩集　火祭り

2016年6月10日　第1刷発行
著　者　水崎野里子
発行人　左子真由美
発行所　㈱竹林館
〒530-0044　大阪市北区東天満2-9-4　千代田ビル東館7階FG
Tel　06-4801-6111　Fax　06-4801-6112
郵便振替　00980-9-44593
URL http://www.chikurinkan.co.jp
印刷・製本　㈱国際印刷出版研究所
〒551-0002　大阪市大正区三軒家東3-11-34

ISBN978-4-86000-334-0　C0092